IL SIGNOR BARILLI,

VAUDEVILLE EN UN ACTE,

PAR M. GUSTAVE VAEZ,

REPRÉSENTÉE POUR LA PREMIÈRE FOIS, A PARIS, SUR LE THÉATRE DE LA GAÎTÉ,
LE 22 OCTOBRE 1856.

(DIRECTION BERNARD-LÉON.)

(SCÈNE VII.)

PARIS,

NOBIS, ÉDITEUR, RUE DU CAIRE, N° 5.

—

1836.

Personnages.   Acteurs.

BARILLI,   MM. Lhérif.
GIACOMO,   Armand.
INNOCENTIN,   Lebel.
Le capitaine ROLAND,   Laisné.
TÉRÉSA,   Mmes Elise.
ZERLINE,   Rougemont.
Dames de la ville.
Militaires.
Comédiens.

La scène se passe en Italie, dans un village à dix lieues de Rome, chez Giacomo

J.-R. MEVREL, Passage du Caire, 54.

IL SIGNOR BARILLI,

VAUDEVILLE EN UN ACTE.

Le théâtre représente une salle d'auberge, l'entrée par le fond ; à la gauche de l'acteur une porte et une table avec un couvert en désordre. — A la droite, sur le premier plan, une autre table recouverte d'un tapis où se trouvent étalés quelques livres de comptes ; du même côté, deux autres portes. —Au fond, un guéridon et une armoire.

SCÈNE 1.

GIACOMO, LE CAPITAINE ROLAND, MILITAIRES, à table.

Ils sont tous en habits de voyage ; le capitaine a de grosses moustaches noires ; c'est un grand et bel homme.

CHOEUR.

AIR de Gillette de Narbonne.

Versez, versez,
Jamais assez,
Du vin, du vin,
Jusqu'à demain,
Ne laissons pas un verre plein.

GIACOMO.

Dites donc, tout en soupant nous avons atteint le jour, et voici l'heure où la voiture va passer.

ROLAND.

Nous allons donc nous séparer, mon pauvre Jacques.

GIACOMO.

Ah! vous êtes heureux vous autres, vous allez revoir la France, toi surtout, capitaine Roland, tu vas à Paris; moi, me voilà pour toujours fixé en Italie, dans ce village à dix lieues de Rome, département du Tibre.

ROLAND.

Plains-toi donc de ton sort, une femme superbe, un pays charmant, et la plus belle hôtellerie de la route impériale, où tu peux traiter gratis tous tes vieux camarades.

GIACOMO.

Oui, cela a bien son prix... Quand je fus blessé au passage du pont de Lodi, où, en ma qualité de trompette de cuirassiers, j'avais sonné la charge assez glorieusement, je m'en vante, et que je me vis forcé de prendre mon congé illimité, je me fixai en Italie par amour pour la musique italienne... et comme la pension de retraite n'était pas assez forte pour me faire vivre indépendant, j'épousai la maîtresse de cette hôtellerie, veuve fraîche et jolie, qui avait alors un goût décidé pour le militaire français, surtout quand il était joli garçon, et je n'étais pas mal. Tout alla bien d'abord, ma femme et moi nous aimions également le plaisir; mais ne voilà-t-il pas qu'un cardinal de malheur s'avisa de la convertir en passant, et depuis ce moment il n'y a plus eu moyen d'entendre d'autre musique que celle de l'orgue; elle ne sort pas de la chapelle du couvent... aussi quelle jouissance pour moi lorsqu'une affaire peut me conduire à Rome; je ne sors plus du spectacle... oh! je m'en donne!

ROLAND.

La chapelle et le théâtre, voilà un ménage bien uni!

GIACOMO.

Mais nous vivons d'assez bonne intelligence ma femme et moi; d'ailleurs je suis fait au bruit du canon. quand ma femme gronde. je me crois encore au service et j'obéis au commandement.

ROLAND.

Quant à nous. nous ne pouvons pas nous plaindre de l'hôtesse. depuis que nous sommes chez toi, moi surtout, elle m'a traité comme le meilleur de tes amis.

GIACOMO.

Tu me fais plaisir de me dire cela, capitaine Roland, car ça m'étonne; s'il s'agissait du capucin Antonio, qui vient de partir, je le comprendrais; Mme Giacomo est un ange pour tous les révérends qui passent ici, et moi j'aime que tous les voyageurs soient également bien traités. Mais je crois que j'entends la voiture... oui, c'est bien elle. (Mouvement.) Un instant, elle va s'arrêter pour changer de chevaux, nous avons le temps de boire un dernier coup à la gloire que notre grande armée vient encore d'acquérir dans les champs d'Iéna. Allons amis, le verre en avant et un chorus général pour la chanson que nous avons tant chantée.

ROLAND.

C'est dit.

GIACOMO.

Air nouveau de M. Elwart.

En courant nous aimons,
En riant nous mourons,
Tous joyeux compagnons
 De la gloire !
En amour, aux combats,
De tous temps nos soldats
Ont soumis la victoire.
Le plaisir ici-bas
Peut narguer le trépas,
On se dit, si je meurs,
Les autres sont vainqueurs !
Le petit caporal n'est-il pas avec nous ;
Les Français avec lui n'ont jamais le dessous.

CHOEUR.

Le plaisir ici-bas
Peut narguer le trépas

GIACOMO.

Le petit confiant
Nous a dit en partant :
« Vous vaincrez, croyez-en
 Ma boussole. »
Puis à Millésimo,
Montenotte et Vico,
Il nous tint sa parole.
Nous marchions gais soldats,
Et gaîment sur nos pas
Partout avec l'airain
S'entendait ce refrain :
Le petit caporal est plus grand qu'un revers,
Avec lui, s'il le veut, nous aurons l'univers.

CHOEUR.

Le plaisir ici-bas
Peut narguer le trépas, etc.

(On entend un fouet et le bruit d'une voiture.)

GIACOMO.

Mais la voiture va partir... au revoir, mes camarades... Adieu, capitaine Roland... embrassez pour moi toute la France, et quelques Françaises en particulier. (Il leur donne des poignées de main; ils sortent en reprenant le chœur.)

CHOEUR.

Le petit caporal est plus grand qu'un revers,
Avec lui, s'il le veut, nous aurons l'univers.

(Ils sortent.)

SCÈNE II.

GIACOMO, ZERLINE.

GIACOMO.

Les voilà partis, et de Jacques l'ancien trompette de cuirassiers, me voilà redevenu Giacomo, maître d'une hôtellerie italienne... (Appelant.) Lauretta, Lauretta!

ZERLINE, accourant.

Vous appelez, mon ami?

GIACOMO.

Tiens, c'est toi, Zerline, où donc est la fille?

ZERLINE.

Je ne sais, je venais...

GIACOMO.

Déjà levée... pour étudier la musique, je parie.

ZERLINE.

Toujours.

GIACOMO.

Tu soupires, mon enfant... comment si matin? Ta mère t'aurait-elle fait du chagrin hier au soir?

ZERLINE.

Un peu, à cause de ce mariage... vous savez bien?

GIACOMO.

Comment, elle t'en parle encore? je lui ai pourtant dit ma façon de penser sur mon neveu le signor Innocentin.

ZERLINE.

Je ne peux pas le souffrir; d'abord il chante au lutrin.

GIACOMO, bas.

Et tu aimerais mieux qu'il chantât au théâtre, n'est-ce pas?

ZERLINE.

Oh! oui, car moi je suis comme vous, j'aime les artistes, et surtout les chanteurs; c'est si gentil les artistes, ils ont un air ouvert, riant, ils sont toujours gais, tandis que mon cousin Innocentin est toujours comme cela.
(Elle imite une pose de Tartufe.)

GIACOMO.

Oh! comme c'est ça! c'est notre Tartufe de Paris au naturel; il est vrai que celui-là c'est le Tartufe de tous les pays. Mais dis-moi donc, Zerline, où tu as pris un penchant si décidé pour les artistes?

ZERLINE.

A Rome, mon ami, la dernière fois que vous m'y avez menée.

GIACOMO.

Ah oui! ce jour où ma femme m'avait tant recommandé de te conduire à l'adoration de saint Pierre.

ZERLINE.

Et que nous sommes allés voir les Noces de Figaro.

GIACOMO.

Veux-tu bien te taire, si ta mère t'entendait... Ah! c'est ce soir-là que tu as pris tant de goût pour la musique et les artistes.

ZERLINE.

Figaro était charmant.

GIACOMO.

Ah! c'est Figaro! Diable! tu n'es pas dégoûtée; le premier chanteur de l'Italie, le signor Barilli.

ZERLINE.

Ah! mon ami!

Air du Piège.

Si par la douceur de son chant
D'abord il surprit mon oreille,
Bientôt sa grace et son talent
Me parurent une merveille.

Mon cœur, tout bas, disait bravo ;
Et voyez quel songe profane,
La nuit je rêvai Figaro
Et je croyais être Suzanne.

GIACOMO.

Diantre ! cela paraît sérieux ; heureusement pour moi tu ne vas pas souvent à Rome, et nous n'y restâmes que trois jours car si tu avais revu Figaro...

ZERLINE.

Je le revis, mon ami.

GIACOMO.

Hein ! et où donc ça ?

ZERLINE.

Le lendemain, à l'hôtellerie des comédiens, où tu m'avais laissée pour aller... je ne sais où.

GIACOMO, à part.

J'étais allé à une répétition de DON JUAN.

ZERLINE.

Je rêvais, toute seule dans ma chambre, au plaisir que m'avait fait le spectacle de la veille, tout à coup on frappe à la porte, j'ouvre, c'était Figaro.

GIACOMO.

Le signor Barilli ! que diable venait-il faire là ?

ZERLINE.

Il cherchait une prima donna qui était arrivée de la veille à l'hôtel des Comédiens ; j'étais si émue que je ne pouvais lui répondre, il s'en aperçut, et se retira en me regardant, comme il regardait Suzanne la veille.

GIACOMO.

Voyez-vous ça... et il ne te dit rien ?

ZERLINE.

Non... il semblait aussi surpris que moi, je le regardai par la fenêtre ; il tourna trois fois la tête, et le lendemain, quand tu fus encore parti...

GIACOMO, à part.

Toujours pour la répétition.

ZERLINE.

Figaro revint à l'hôtellerie, et il se trompa de porte, comme la veille.

GIACOMO.

Oh ! oh ! il se trompa encore, et cette fois, te dit-il quelque chose, Figaro ?

ZERLINE.

Il me demanda si j'étais au théâtre, je lui dis que non... il soupira, et me dit... « C'est bien dommage ! » puis il s'en alla en me regardant toujours, et je ne le revis plus... car nous partîmes le soir ; mais depuis ce temps, quand ma mère veut m'apprendre quelque cantique, je suis toujours prête à le chanter sur les airs de Figaro.

GIACOMO.

Oh ! si ma femme savait cela, elle m'arracherait les yeux. (A part.) C'est ma faute ! si je l'avais menée à l'adoration de saint Pierre, elle n'adorerait pas aujourd'hui, il signor Figaro.

ZERLINE.

Et puis, mon ami, il faut bien vous dire toute la vérité : Quand j'étais au couvent à Florence, j'avais entendu chanter à notre chapelle, un jeune homme dont la voix et la figure m'étaient restées là ; jugez de ma surprise, lorsque dans Figaro, je reconnus le chantre de la chapelle du couvent.

GIACOMO.

Oh ! tu m'en diras tant. (A part.) Ça me paraît tout simplement une belle et bonne passion.

ZERLINE.

Taisons-nous... voilà ma mère.

SCÈNE III.

LES MÊMES, TÉRÉSA, puis INNOCENTIN.

TÉRÉSA, un livre d'église à la main.

Zerline...

ZERLINE.

Ma mère...

TÉRÉSA.

Vous allez venir à l'office avec nous... votre cousin vient nous chercher.

INNOCENTIN, entrant, un morceau de musique à la main et chantant.

Lacrymosa... Hum! hum!

ZERLINE.

Il faut que je range ici...

TÉRÉSA.

Ah! ah! Il paraît qu'il y a eu grand festin, cette nuit.

GIACOMO.

Nous attendions la diligence.

TÉRÉSA.

Enfin, ces militaires sont partis... c'est fort heureux! ce capitaine Roland, me déplaisait souverainement.

GIACOMO.

Vous l'avez pourtant assez bien traité,

TÉRÉSA.

Mon Dieu! c'était seulement pour vous faire plaisir; je sais combien vous chérissez tout ce qui vous rappelle la France.

GIACOMO.

C'est bien naturel...

A tous les cœurs bien nés...

TÉRÉSA.

Laissez cela, Zerline, la fille se chargera de ce soin. ou M. Giacomo, qui ne vient pas à l'office, lui.

GIACOMO.

Ma foi, non!.. les dimanches et les fêtes, c'est bien assez.

INNOCENTIN.

Hum! hum!

TÉRÉSA.

Impie! mais je ne désespère pas de vous voir rentrer dans la bonne voie, car vous êtes du reste un parfait honnête homme que j'estime, que j'aime.

INNOCENTIN.

Hum! hum!

GIACOMO.

Et moi donc!

(Il veut lui prendre la main et la baiser.)

TÉRÉSA.

Après l'office.

GIACOMO.

C'est juste... le créateur, avant la créature.

INNOCENTIN.

Hum! hum!

GIACOMO.

Ah ça! qu'est-ce qu'il a donc notre neveu, ce matin?.. Hum! hum! est-ce qu'il n'a plus que cela à dire.

INNOCENTIN.

Je suis enrhumé, mon très cher oncle; et alors, naturellement, hum! hum!

TÉRÉSA.

Vous avez bien tort de ne pas venir à l'office avec nous: vous entendriez Innocentin chanter un délicieux motet du révérend père Bazilio, le maître de chapelle de Saint-Pierre.

INNOCENTIN.

Je ne sais pas si je pourrai chanter ce matin, je n'ai pas tous mes moyens; et pour chanter la musique du révérend Bazilio, il en faut de fameux; mais si mon très cher oncle était présent, je ferais un effort pour lui plaire... hum! hum!

GIACOMO, à part.

Le caffard. (Haut.) D'abord, moi, je n'aime pas la musique d'église, et puis... (Bas à Térésa.) Je n'aime pas votre Innocentin, surtout depuis qu'il veut épouser notre petite Zerline.

TÉRÉSA.

Oui, je sais que ce mariage lui déplait, mais elle a tort; mon neveu est homme de bien, qui, sans l'amour qu'il a pour elle...

GIACOMO.

Ou pour votre fortune.

INNOCENTIN.

Hum! hum!.. venez-vous chère tante.

TÉRÉSA.

C'est faux.

GIACOMO, à part.

Quand il chante, c'est possible.

TÉRÉSA.

Enfin, sans cet amour tout terrestre, Innocentin entrerait dans le couvent.

GIACOMO.

Il ne lui manquerait plus que ça.

TÉRÉSA.

Vous aimeriez mieux qu'il se fît chanteur.

GIACOMO.

Dame! chacun a ses idées.

AIR du Charlatanisme.

Le théâtre offre l'attirail,
Des rangs, des grandeurs de la terre,
Mais de la ruse, avec détail,
Une affiche instruit le parterre.
Dans le monde c'est sans pudeur,
Que maint hypocrite vous triche,
Car j'ai vu plus d'un imposteur,
Jouer partout l'homme d'honneur...
Sans faire poser une affiche.

INNOCENTIN.

Hum! hum!

TÉRÉSA.

M. Giacomo, retenez ce que je vous dis : le théâtre vous perdra; et maintenant hâtons-nous, car l'office sera commencé.

ZERLINE, à part.

Ce sera toujours cela de gagné.

GIACOMO, bas.

Dis donc, ne va pas chanter là-bas quelque air de Figaro.

ZERLINE.

Oh non! mais je vais bien penser à lui.

INNOCENTIN.

Ma jolie petite cousine, voulez-vous prendre mon bras.

ZERLINE.

Non, je prendrai celui de ma mère.

INNOCENTIN, toussant.

Hum! hum!

TÉRÉSA.

AIR · Suivez en tout ma loi. (PRIMA DONNA.)

Partons, d'un pas pressé
Courons à la chapelle ;
L'office nous appelle,
Il sera commencé.

INNOCENTIN, à part.

Je le vois trop, ma cousine m'évite.

ZERLINE, à Giacomo.

Voyez combien sa mine est hypocrite.

INNOCENTIN, à part.

Pour convaincu,
Moi, je me tiens d'avance,
Que par cette alliance
Je dois être... hum ! hum !

ENSEMBLE.

Partons, d'un pas pressé, etc.   (Ils sortent.)

SCÈNE IV.

GIACOMO, seul.

Au fait, il faut convenir que Mme Giacomo est une digne femme !.. et je l'aime encore mieux dévote que coquette ; sur ma foi, Mme Giacomo est encore fort jolie ; et ce n'est pas étonnant, la sagesse conserve !.. Pendant qu'ils sont sortis, occupons-nous des affaires de la maison ; j'ai là des comptes à régler.   (Il s'assied à la table du côté droit.)

SCÈNE V.

GIACOMO, BARILLI, entrant enveloppé dans un grand manteau ; il a un paquet dans une cravatte de soie ; un grand chapeau couvre sa figure.

BARILLI, de la porte.

Voici une hôtellerie de bonne apparence... entrons, holà ! quelqu'un...

GIACOMO, se retournant.

Voilà.

BARILLI.

Êtes-vous l'hôtellier ?

GIACOMO.

C'est moi-même ! (A part.) Quel est ce personnage ? (Haut.) Que demande monsieur ?

BARILLI.

Une chambre pour me reposer, et un bon déjeuner pour me restaurer, car j'ai passé la nuit en voiture...

GIACOMO.

On va vous servir sur-le-champ, mon brave. (A part.) Quel singulier accoutrement...

BARILLI, à part.

Mon costume fait son effet... comme sur la route.

GIACOMO, à part.

On dirait d'un bandit des marais pontins ; pourtant, je ne connais pas de brigands, et cette figure ne m'est pas inconnue.

BARILLI.

Qu'avez-vous donc à me regarder, seigneur hôtellier ?

GIACOMO.

Pardon, mais il me semble que ce n'est pas la première fois que je vois votre seigneurie.

BARILLI.

Vous voulez dire ma figure.

GIACOMO.

Je ne puis me rappeler...

BARILLI.

Allez-vous quelquefois à Rome?

GIACOMO.

Tant que je peux...

BARILLI.

Êtes-vous allé au théâtre?

GIACOMO.

Ce n'est que pour ça que je fais ce voyage.

BARILLI.

Ah! ah! vous n'avez donc pas de spectacle, ici?

GIACOMO.

La ville offre si peu de ressources... cependant, quelquefois, il nous vient
des chanteurs ambulans à la fête locale ou au grand marché, qui est demain précisément; les comédiens sont arrivés hier à l'hôtellerie en face;
mais plus je vous regarde.

BARILLI.

Allons, allons! je vois que je suis en pays de connaissance et que je puis
me fier à vous...   (Il ôte son manteau et paraît habillé en figaro.)

GIACOMO.

Que vois-je?.. le signor Barilli!

BARILLI.

Silence! car tel que vous me voyez, je suis fugitif, poursuivi.

GIACOMO, effrayé.

Par la police?

BARILLI.

Non, par des créanciers... c'est moins dangereux.

GIACOMO.

A la bonne heure; le signor Barilli chez moi, cet artiste si renommé...
je disais aussi, cette figure!.. c'est donc là votre costume de voyage?

BARILLI, riant.

Pour le moment, voici tout mon bagage.   (Il montre son petit paquet.)

GIACOMO.

Ah ça! comment se fait-il qu'un artiste comme vous ait des créanciers,
et des créanciers si ridicules.

BARILLI.

C'est ce que je me demande aussi quelquefois; mais, que voulez-vous...

AIR du Verre.

> Mon cher, on ne peut pas non plus
> Penser à tout : je veux bien croire,
> Que je leur dois quelques écus
> Qui me sortent de la mémoire.
> Non, vrai, je l'oublie et pourtant,
> Ma mémoire est des plus parfaites;
> Mais au théâtre, il m'en faut tant,
> Qu'il n'en reste plus pour mes dettes.

GIACOMO.

Au fait, ça me paraît naturel.

BARILLI.

N'est-ce pas?.. eh bien, ils ne veulent pas comprendre ça, et hier, pendant la ritournelle d'un duo, la prima donna, qui prétend m'aimer beaucoup, et qui peut-être me l'a prouvé, en me sacrifiant les offres brillantes
que lui faisait le signor Bazilio, le maître de chapelle de St-Pierre, la prima
donna enfin, me glisse dans la main un petit billet, je rentre dans la cou-
lisse, et je lis : « Va-t'en, les huissiers t'attendent dans ta loge pour t'arrêter. » Je ne me le fis pas dire deux fois, et après la pièce, m'enveloppant
dans mon manteau, je quittai le théâtre, malgré les cris du public qui me
rappelaient.

GIACOMO.

Et les huissiers?

BARILLI.

Ils auront pu paraître à ma place ! quant à moi, je courus bien vite chez la prima donna où je m'étais habillé, et qui m'avait conduit dans sa voiture; la porte était fermée, je frappe, la caMériste paraît à la fenêtre, je lui demande mon petit paquet, elle me le jette, et je monte dans la première voiture que je rencontre sur la route, je croyais me rendre directement à Florence, mais ma foi, la faim m'a forcé de descendre dans ce village.

GIACOMO.

Vous avez faim...

BARILLI.

Et je n'ai point d'argent; ce qui est une singulière contradiction; mais je compte vendre mon costume de Figaro; il est tout neuf.

GIACOMO.

Et vous croyez que je le souffrirai, moi, vieux trompette de cuirassiers, moi, fou de théâtre et de musique, moi, qui ai fait dix fois le voyage de Rome, pour vous admirer; non, non, seigneur Barilli, je vous loge, je vous nourris, je vous nourris comme un chanoine, et vous me paierez en musique, ça vous va-t-il ?

BARILLI.

Vous êtes un brave homme ! et j'accepte le marché.

GIACOMO.

Pour le déjeuner, vous me donnerez quelques petits couplets, pour le dîner ou le souper, c'est-à-dire un repas complet, un grand air, et pour la nuit...

BARILLI.

Un nocturne.

GIACOMO.

Comme vous dites... j'adore les nocturnes.

BARILLI, à part.

Il est original. (Haut.) Mon cher hôte, j'ai bien envie de vous chanter tout de suite un grand air.

GIACOMO, mettant son tablier.

C'est-à-dire que vous voulez un repas complet; chantez, chantez, je vais mettre moi-même votre couvert et vous servir.. Je ferme les portes.

(Il les ferme.)

BARILLI

Et moi je commence.

Air du BARBIER

Tra la la la la la la.

GIACOMO.

Ah! un air de connaissance !
(Il apporte le guéridon sur le devant de la scène, un peu à gauche, et met le couvert.)

BARILLI, à part.

C'est un vieux militaire de Bonaparte, improvisons-lui d'autres paroles en l'honneur de son général.   (Il commence, Giacomo s'assied pour écouter.)

Gloire à jamais au fils de la victoire,
Il nous conduit en chantant à la gloire.
Le grand homme, quel général,
Que l' p'tit caporal !

GIACOMO, pendant que l'orchestre continue.

Ça vaut un plat de ravioli.
(Il prend un plat dans l'armoire, le pose sur la table et se rassied.)

BARILLI, reprenant.

Si quelque roi lui déclare la guerre,
Napoléon n'attend pas un instant ;
Il prend son trône, il le donne à que'q'frère,
C'est se conduire en bon parent.

GIACOMO, ravi.

Ça vaut une coquille de macaroni.   Même jeu.

BARILLI.

Mais si ce roi demande grace,
L' p'tit caporal sur son trône le replace,
En lui disant : Soyez sag' désormais,
Ou j' vous mettrai pour quinz' jours aux arrêts.
L' p'tit caporal sait s' faire justice,
Il met les rois à la sall' de police.

GIACOMO, idem.

Ah! ça vaut mon dernier flacon de vin de Syracuse.   (Même jeu.)

BARILLI.

V'là la paix, plus d'ennemis,
Nous rentrons tous au pays,
Mais si quc'qu' jour, de ce qui nous regarde,
Les autr's voulaient s' mêler, soyons en garde,
Rallions-nous avec fierté
Pour la gloire et la liberté.
Ah ! soyons sourds à de lâches alarmes,
Jeunes et vieux, reprenons tous les armes,
Ne flânons pas aux bords du Rhin,
Rentrons dans Vienne, dans Berlin.
D'abord au petit trot,
Ensuite au grand galop,
A la victoire on nous verrait voler bientôt.

GIACOMO, au comble de l'enthousiasme.

Bravo, bravissimo!

BARILLI.

Etes-vous content?

GIACOMO.

Si je suis content!.. vous êtes servi... signor, et tout ce qu'il y avait de
mieux dans l'armoire... (A part.) Si ma femme voyait cela...

BARILLI, regardant le repas.

Oui, oui, je vois que vous êtes content.   (Il se met à table.)

GIACOMO, lui versant à boire.

Goûtez-moi d'abord de ce vin-là.

BARILLI, buvant.

Oh! oh! ceci est de la flatterie toute pure, je ne mérite pas...

GIACOMO.

Il n'y a rien de trop bon pour un gosier comme le vôtre.

BARILLI.

C'est un vin digne des dieux.

GIACOMO.

C'est du vin de Syracuse que ma femme garde pour les prélats qui logent
chez nous ; mais les chanteurs sont mes prélats à moi.

BARILLI.

Je comprends, je comprends.

GIACOMO.

Ah ça! vous voilà bien établi, bien servi...

BARILLI.

Vous me quittez?

GIACOMO.

Je vais donner un coup-d'œil à ma maison, il ne faut pas que les plaisirs
fassent oublier les affaires.

BARILLI.

C'est juste.

GIACOMO.

Dès que vous aurez fini, voici votre chambre, c'est la plus belle de l'hôtellerie ; mais si vous voulez m'en croire, vous changerez de costume, car
ma femme n'a pas pour les acteurs la même vénération que moi.

BARILLI, mangeant.

J'entends, j'entends, soyez tranquille, je vais reprendre mes habits de ville.

GIACOMO.

A propos, seigneur Figaro... (Sérieusement.) Vous allez trouver ici quelqu'un de connaissance, mais vous êtes un homme d'honneur, et je me flatte que vous vous souviendrez que vous êtes l'hôte d'un vieux soldat français.

(Il sort.)

SCÈNE VI.

BARILLI, seul.

Que diable veut-il dire? quelqu'un de connaissance... je n'en ai point, que je sache, dans ce pays, où je n'étais jamais passé qu'en courant la poste. Me voilà donc forcé de quitter l'Italie, heureusement un engagement superbe m'attend à Paris, et je ne regrette ici que la jolie petite inconnue que j'ai rencontrée le mois dernier à l'hôtel des comédiens, à Rome, elle avait un air si doux, si candide, et avec cela des yeux d'artiste; jamais aucune femme n'avait fait tant d'impression sur moi, pas même notre prima donna qui m'adorait pourtant, témoin l'avis charitable qu'elle m'a donné et le sacrifice généreux qu'elle m'a fait des amours du révérend père Francesco... Me sacrifier un trésorier! mais c'est sublime pour une cantatrice! et comme c'est heureux que mes habits se soient trouvés chez elle, je n'aurais jamais osé retourner chez moi, et je serais forcé de rester en Figaro, costume fort agréable le soir au théâtre, mais très peu à la mode pour courir les rues et les salons. Le point important c'est que me voilà sorti des griffes de mes créanciers, devenus tout à coup récalcitrants je ne sais pourquoi, car ces braves gens dormaient sur les deux oreilles. En arrivant à Paris, si j'ai le bonheur d'y réussir, mon premier soin sera de les satisfaire.

AIR du Carnaval.

On peut, je pense, en parlant de ses dettes,
Par un bon mot quelquefois s'égayer ;
C'est fort plaisant, mais quand elles sont faites,
Il faut trouver l'instant de les payer.
Car sur la scène, à Paris, comme à Rome,
Le vrai public, toujours juge excellent,
Aime à sentir le cœur de l'honnête homme
Sous les dehors de l'homme de talent.

SCÈNE VII.

BARILLI, ZERLINE.

ZERLINE.

Enfin j'ai pu m'échapper de la chapelle du couvent...

BARILLI.

Quelle est cette jeune fille?

ZERLINE, l'apercevant.

Que vois-je!

BARILLI.

C'est elle !

ZERLINE.

C'est lui! (A part et avec joie.) C'est Figaro.

AIR du Barbier.

BARILLI.	ZERLINE.
Surprise extrême,	Surprise extrême,
Bonheur suprême,	Bonheur suprême,
Celle que j'aime	Celui que j'aime
Elle est ici.	Il est ici.
Son cœur palpite,	Mon cœur palpite,
Son sein s'agite,	Mon sein s'agite,
Pauvre petite,	Quelle visite!
Quoi la voici !	Oui le voici.

BARILLI.

Eh quoi! c'est vous, belle ingénue,
Que je retrouve en ce séjour!

Cette rencontre inattendue,
Est un doux miracle d'amour.

TOUS DEUX.

Surprise extrême, etc.

BARILLI.

Cette maison serait la vôtre?

ZERLINE.

Oui, c'est celle que j'habite.

BARILLI.

Eh quoi! vous êtes la fille de ce digne hôtellier, et voilà cette connaissance dont il me parlait tout à l'heure? mais comment savait-il?..

ZERLINE.

Je lui ai tout raconté.

BARILLI.

Ah! ah! et il ne s'est pas fâché?

ZERLINE.

Il aime tous les artistes, lui.

BARILLI.

Oui, son enthousiasme va jusqu'au vin de Syracuse.

ZERLINE.

Ce n'est pas comme ma mère.

BARILLI.

Elle est donc bien rigide?

ZERLINE.

Oh! elle fait crime de tout; par exemple, je ne sais pas ce qu'elle peut avoir à se reprocher, car elle passe tant de temps à s'accuser de ses fautes, qu'il ne lui reste pas un moment pour les commettre. Tant que le capucin Antonio est resté dans notre auberge, c'était des conférences à n'en plus finir.

BARILLI.

Ah!

ZERLINE.

Et prenez garde qu'elle ne veuille vous convertir comme le capitaine Roland.

BARILLI.

Ah! elle avait aussi des conférences avec le capitaine Roland.

ZERLINE.

Pour le convertir, car elle déteste les militaires autant que les artistes.

BARILLI.

Et vous, ma belle enfant, les détestez-vous aussi les artistes?

ZERLINE.

Oh! moi, au contraire.

BARILLI.

Vous les aimez?

ZERLINE.

Je n'en aime qu'un.

BARILLI.

Voulez-vous me dire son nom?

ZERLINE.

Oh! jamais.

BARILLI.

Je ne vous inspire donc aucune confiance... c'est mon habit peut-être... je vais le quitter.

ZERLINE.

Au contraire, il est si gentil, mais si gentil, qu'en le regardant j'ai presque la passion du théâtre... oh! si ce n'était pas à cause de ma mère...

BARILLI

Eh bien?

ZERLINE.

Tenez, je vais vous dire le rêve de tous mes instans: je voudrais être cantatrice, prima donna.

BARILLI.

Cantatrice! prima donna!

ZERLINE.

C'est ma vocation... et ma mère veut me mettre au couvent, à moins que je ne consente à épouser un homme que je déteste. Oh! je ferais plutôt quelque coup de ma tête.

BARILLI.

Le charmant petit caractère; mais prenez bien garde d'écouter trop vite une fausse idée.

ZERLINE.

Quoi! c'est vous qui l'appelez ainsi?

BARILLI.

AIR de M. Panseron.

Que Figaro prêche ainsi la morale,
C'est du nouveau, j'en conviens franchement,
Mais de vos yeux la candeur virginale
M'en fait ici la loi, ma belle enfant.
Si le théâtre, en rêve, offre pour plaire
L'enivrement du succès, du plaisir,
    Avant tout aux vœux d'une mère.) *bis.*
    Jeune fille, il faut obéir.   )

(A part gaîment.)   Oh! bravo!
        Figaro!
    Voilà du nouveau!
     Bravo! bravo!
    Voilà du nouveau!

ZERLINE.

Quel langage!

Même air.

Quoi! si des arts le dieu puissant m'appelle,
Il me faudra, lui résistant toujours,
Dans les ennuis d'une chaîne cruelle,
    Passer ici mes tristes jours.
Et si, de plus, ma mère que j'honore,
Mais qui souvent me querelle à plaisir,
    Au couvent veut me mettre encore.

BARILLI.

Il faudra toujours obéir.

ZERLINE.

Au couvent, quoi retourner encore.

BARILLI.

A sa mère il faut obéir.

ENSEMBLE.

BARILLI, avec gaîté.
  Ah! bravo!
   Figaro!
Voilà du nouveau!
  Bravo! bravo!
Voilà du nouveau!
ZERLINE, avec étonnement.
   Figaro!
Voilà du nouveau!

Mais si ma mère n'était pas ma mère...

BARILLI.

Que voulez-vous dire?

ZERLINE.

Si j'étais, je suppose, une orpheline élevée par elle...

BARILLI.

Vous devriez la respecter encore davantage, car alors ses bienfaits envers vous ne lui seraient pas commandés par la nature.

ZERLINE, piquée.

Eh bien ! monsieur, j'obéirai.

BARILLI.

D'ailleurs, pour être cantatrice, prima donna, comme vous dites, il faut plus qu'une vocation décidée, il faut un talent avéré.

ZERLINE.

Et qui vous dit que je n'en aurai pas un jour?.. toutes les nuits, comme ma chambre est au fond du corridor et loin de ma mère, je me lève, j'étudie... cette nuit, devant ma glace, j'ai répété tout le rôle de Suzanne, et quelque chose me dit là... Tenez, ma mère est absente, voyez plutôt.

TÉRÉSA, en dehors.

Zerline ! Zerline !

ZERLINE.

C'est ma mère.

BARILLI.

Qui n'aime pas les chanteurs... Je vais quitter ce costume.

ZERLINE.

Oh! c'est dommage; il vous va si bien !

BARILLI.

Je le reprendrai pour vous plaire... et pour entendre l'air de Suzanne. (Il lui baise la main.) C'est qu'elle est vraiment adorable.

TÉRÉSA, frappant toujours.

Zerline ! Zerline !

BARILLI.

Je cours mettre mes habits de ville qui sont dans ce paquet.(Il l'entr'ouvre.) Eh bien! qu'est-ce que cela veut dire? ce ne sont pas mes habits... Quel est ce costume? Oh! cela va me servir.

ZERLINE.

Sauvez-vous, la voilà.   (Il entre dans sa chambre et s'enferme.)

SCÈNE VIII.

ZERLINE, TÉRÉSA.

ZERLINE, à part.

Oh! j'avais tant prié pour le revoir.

TÉRÉSA, entrant.

Pourquoi donc avez-vous quitté l'église avant moi.

ZERLINE.

Pour venir aider à mon père.

TÉRÉSA.

Oh! Zerline, Zerline, tu t'occupes trop des affaires de ce monde, et pas assez des choses du ciel.

ZERLINE.

Mon père dit que j'ai le temps.

TÉRÉSA.

M. Giacomo, ferait bien mieux d'y songer aussi ; tu as entendu le sermon du père Brindi, mon enfant, la fin du monde approche.

ZERLINE, à part.

Raison de plus pour se divertir.

TÉRÉSA.

Avez-vous vu le voyageur qui, dit-on, est arrivé en notre absence ?

ZERLINE.

Le voyageur... non, non, ma mère, pas encore.

TÉRÉSA.

D'après la description qu'on m'a faite de son grand manteau et de sa tournure toute mystérieuse. c'est encore quelqu'un de ces vagabonds que mon mari aime tant.

ZERLINE.

S'il faut en juger par le déjeuner qu'il lui a fait servir, ce doit être quelqu'un de distinction ; voyez plutôt, ma mère.

TÉRÉSA.

Ah! mon Dieu! tout ce que j'avais là en réserve pour les saints personnages qui daignent descendre dans notre auberge; et mon vin de Syracuse, Dieu me pardonne.

ZERLINE, à part.

Rien n'est trop bon pour Figaro.

TÉRÉSA.

Décidément, **M.** Giacomo perd la raison, et si ce voyageur est encore un de ces aventuriers, comme on en voit tant... je le prierai d'aller chercher un gîte ailleurs.

ZERLINE.

Oh! ma mère... il a l'air si bon...

TÉRÉSA.

Il a l'air si bon! vous l'avez donc vu?

ZERLINE.

Ah! qu'est-ce que j'ai dit là!

TÉRÉSA.

Quoi, Zerline, vous avez fait un mensonge, et vous ne craignez pas que le ciel... quel est ce voyageur?.. parlez, je veux le savoir.

ZERLINE.

Voilà mon père, qui va vous le dire.

SCÈNE IX.

Les Mêmes, GIACOMO.

GIACOMO.

Eh bien! qu'est-ce donc? que voulez-vous savoir?

TÉRÉSA.

Je veux savoir quel est le nouvel hôte auquel vous avez fait boire mon vin de Syracuse.

GIACOMO.

Ah! vous ne l'avez pas encore vu?

TÉRÉSA.

Non, mais je me doute bien ce que ça peut être... quelque militaire.

GIACOMO.

Doucement, ne disons pas de mal de ceux-là, car j'en étais, je m'en vante.

TÉRÉSA.

Un artiste.

GIACOMO.

Possible encore.

TÉRÉSA.

Un comédien, peut-être.

GIACOMO.

Je ne dis pas non.

TÉRÉSA.

Et vous croyez que je le garderai chez moi ; ne l'espérez pas, monsieur, je ne veux pas damner mon ame à cause de vous... et je vais...

(Barilli sort de sa chambre ; il est costumé en Bazile et s'avance lentement.)

GIACOMO, à part.

Que vois-je?..

ZERLINE, bas à Giacomo.

C'est Figaro qui a pris les habits de Bazile.

GIACOMO, à part, étouffant un éclat de rire.

Oh!..

SCÈNE X.

LES MÊMES, BARILLI.

BARILLI.

Air des Visitandines.

Le Ciel mes sœurs, et vous mon frère,
Vous accorde sur cette terre,
Et ses faveurs et ses bienfaits...
Jusqu'au suprême jour, qu'il vous conduise en paix...
Moi, je viens, d'une ame remplie
D'espérance et de charité,
Vous promettre dans l'autre vie,
Les célestes amours et leur félicité.

TÉRÉSA.

Comment, c'est un révérend père que mon mari avait si bien reçu, et moi qui me fâchais contre lui! pardon, mon cher Giacomo, pardon, vous êtes un digne homme, et je suis une folle de vous avoir soupçonné.

ZERLINE, bas à Giacomo.

C'est qu'il est encore gentil comme cela...

GIACOMO, faisant tous ses efforts pour ne pas rire.

Tais-toi, je le vois bien. (Passant auprès de Barilli.) Où avez-vous donc trouvé ce costume?

BARILLI, bas.

Je vous expliquerai...

GIACOMO, id.

Et cette barbe?

BARILLI, id.

C'est le crin d'un de vos fauteuils, que je vous demande bien pardon d'avoir dégarni.

TÉRÉSA.

A qui donc ai-je l'honneur de parler, mon révérend?

BARILLI.

Au maître de chapelle de Saint-Pierre.

GIACOMO, à part, étouffant un éclat de rire.

Oh! en voilà encore une bonne...

TÉRÉSA.

Le célèbre Bazilio, dont la réputation comme prédicateur, et maître de chapelle, remplit tous les états romains. Ah! seigneur, combien je suis flattée, que vous ayez donné la préférence à mon hôtellerie. Zerline, un fauteuil pour le révérend.

GIACOMO, à part.

Oh! le comédien! comme il a trouvé juste le moyen de se faire adorer de ma femme.

TÉRÉSA.

Si vous preniez encore un peu de ce vin de Syracuse?

BARILLI.

Volontiers, volontiers... (Zerline court prendre le flacon.) Notre saint père le pape n'en boit pas de meilleur.

TÉRÉSA.

Je suis pas trop flattée; maintenant, j'ai là d'une gelée de coings de Padoue, avec des biscuits de Venise...

BARILLI.

J'ai goûté de tout cela.

TÉRÉSA.

Ce cher Giacomo, il a fait les choses comme je les aurais faites moi-même... oh! d'abord toute ma maison est à votre service.

GIACOMO.

Quand je disais!

TÉRÉSA.

On voulait justement ce matin exécuter à l'église du couvent, un motet de votre excellence, mais mon neveu, Ignacio-Innocentin, qui devait le chanter, s'est trouvé tout à coup pris d'un rhume affreux. J'espère cependant que vous pourrez l'entendre, car nous vous garderons quelques jours, n'est-ce pas?

BARILLI.

Tant que vous voudrez, ma sœur.

GIACOMO, bas à Zerline.

Comme c'est heureux pour moi.

ZERLINE.

Et pour moi donc.

TÉRÉSA.

Ah! je suis au comble de la joie! Un homme comme vous dans ma maison, cela va nous attirer toutes les faveurs du ciel... et déjà n'en est-ce pas une que cet empressement que mon mari a mis à recevoir un homme de votre état, lui qui...

BARILLI.

Eh quoi! signora, votre mari?..

TÉRÉSA, bas.

C'est un Français... (Barilli se lève et recule d'un pas à chaque mot.) Un ancien militaire, un renégat, qui n'aime que les artistes, les chanteurs: ah! si vous pouviez le convertir, quelle obligation je vous aurais!

BARILLI.

J'y mettrai tous mes soins, signora.

ZERLINE, bas à Giacomo.

Air d'Aristippe.

Ah! comme il est encore bien dans ce rôle!
TÉRÉSA, à Barilli.
Le doux accueil vraiment qu'il vous a fait,
Tout à la fois me calme et me console.
BARILLI.
J'espère bien le gagner tout-à-fait.
TÉRÉSA.
A ce bonheur, ainsi j'ose prétendre,
Puisqu'en ces lieux, dès qu'il vous vit, déjà
La voix du ciel à lui se fit entendre.
BARILLI, à part.
Oui, dans un air de l'opéra-buffa.

TÉRÉSA.

Mais je veux que toute notre petite ville connaisse l'honneur que je reçois, et je vous demanderai la permission de vous présenter toutes nos dames de la congrégation.

ZERLINE, à part.

Pauvre Figaro!

BARILLI, à part.

Ah mon Dieu! (Bas à Giacomo.) Sont-elles jeunes?

GIACOMO, de même.

Pas une.

BARILLI, de même.

C'est égal, je suis ici par esprit de pénitence.

GIACOMO.

Vous y avez la main.

TÉRÉSA.

Je vous laisse, mon révérend, avec mon mari et ma fille; convertissez M. Giacomo, je vous en prie, et, quant à ma Zerline, faites-lui entendre qu'elle doit absolument épouser son cousin Ignacio Innocentin, dont je vous parlais tout à l'heure.

BARILLI.

Celui qui chante mes motets?

TÉRÉSA.

Lui-même... (Bas.) Ou qu'elle doit se résoudre à prendre le voile.

BARILLI, à part.

Pauvre petite! (Bas.) Soyez tranquille, je vais lui parler de la bonne manière.

TÉRÉSA.

Oh! je connais le pouvoir de votre éloquence, et je suis remplie d'espérance... Ah! mon mari, mon mari, quelle occasion pour vous, si vous saviez en profiter!

(Elle sort.)

SCÈNE XI.

ZERLINE, BARILLI, GIACOMO.

GIACOMO.

Je profiterai, Mme Giacomo, je profiterai... je l'attends au grand air du dîner.

BARILLI, sans se retourner.

Est-elle partie?

GIACOMO.

Oui.

BARILLI, avec élan.

Ah!

TOUS TROIS.

Ah bravo!
Figaro!
Voilà du nouveau!
Bravo! bravo!
Voilà du nouveau!

GIACOMO.

Mais dites-moi, je vous prie, comment vous vous trouvez nanti de ce noir costume.

BARILLI.

Vous m'en voyez encore tout étourdi; comme je vous l'ai dit tantôt, la camériste de la prima donna m'a jeté ce paquet par la fenêtre, et dans sa précipitation, la pauvre fille aura pris un paquet pour l'autre.

GIACOMO.

Oui, mais comment ces habits-là étaient-ils chez la prima donna?

BARILLI, bas.

Eh! mon cher ami, est-ce que ces habits-là n'entrent pas partout? (A voix basse.) C'étaient ceux du signor Bazilio... chut.

ZERLINE, vivement.

Qu'est-ce que c'est?

GIACOMO.

Rien, rien, nous parlons morale. (A part) Courons avertir nos comédiens, que j'ai l'honneur de posséder dans mon auberge le premier chanteur de l'Italie.

BARILLI.

Vous me quittez, mon cher hôte?

GIACOMO.

Oui, je sors pour une surprise que je vous ménage.

BARILLI.

J'avais pourtant à vous parler sérieusement d'une chose tout-à-fait gaie.

GIACOMO.

Et laquelle?

BARILLI.

De mon mariage avec votre aimable fille.

ZERLINE.

Qu'entends-je?

GIACOMO.

Vous voulez rire.

BARILLI.

C'est très sérieusement... elle vous a tout raconté. (Innocentin entre ; Barilli prend la main de Zerline.) Consentez-vous, mon cher hôte, à m'accorder sa main?

SCÈNE XII.

Les Mêmes, INNOCENTIN. Il a sous le bras le livre que portait Téresa à sa première entrée.

INNOCENTIN, dans le fond.

Oh! le révérend qui demande ma cousine en mariage, c'est bien invraisemblable... hum! hum!

GIACOMO.

Innocentin!

ZERLINE.

Tout est perdu!

BARILLI, à mi-voix.

Eh non! l'opéra-buffa est là. (Haut.) Oui, M. Giacomo, je vous demande la main de Zerline pour un de mes plus proches parens, auquel je laisserai tout ce que j'ai.

GIACOMO, riant, à part.

Il n'a rien.

INNOCENTIN.

Hum! hum! c'est différent, je disais aussi, un abbé épouser une femme!
(Il s'approche doucement.)

GIACOMO.

Seigneur révérend, votre demande m'honore, mais Zerline n'est pas ma fille ; elle dépend de Mme Giacomo, à qui elle a été confiée par sa mère, une brave dame qui est morte dans le couvent des Ursulines, de notre petite ville, et je doute fort que Mme Giacomo renonce (bas) pour Figaro (haut) aux projets qu'elle a déjà formés pour l'établissement de Zerline.

BARILLI.

Je saurai bien trouver un moyen, (bas) toujours d'opéra-buffa, (haut) pour la faire consentir.

ZERLINE.

Oh! je vous en prie, mon révérend; car moi je n'aime pas du tout mon cousin Innocentin.

INNOCENTIN, avançant.

Hum! hum!

BARILLI.

Quel est ce petit jeune homme si frais et si blond?

INNOCENTIN.

C'est moi, mon révérend.

GIACOMO.

C'est M. Innocentin, dont nous parlions tout à l'heure, et qui a toujours l'art de surprendre son monde fort agréablement. (A part.) Il n'entre jamais, ce garçon-là; il se glisse.

INNOCENTIN.

Je viens présenter ma vénération au révérend don Bazilio, et lui demander des conseils sur la manière de chanter le motet qu'il a composé pour la fête du bienheureux saint Pancrace de Modène.

BARILLI.

Ah! ah! mon motet pour la fête de saint Pancrace de Modène. (A part.) Le diable m'emporte si je sais ce que c'est.

GIACOMO.

Nous vous laissons avec lui. Viens, Zerline.

BARILLI. bas.

Merci de la corvée.

GIACOMO.

Dites donc, si vous pouviez le convertir au théâtre, hein?

BARILLI.

Ce serait un coup de maître.

GIACOMO.

Courons exécuter mon projet... Viens, Zerline.

ZERLINE sort en chantant.

Ah bravo !
Figaro !

SCÈNE XIII.

BARILLI, INNOCENTIN.

INNOCENTIN, à part.

Quelle cousine mondaine j'ai là!.. hum! hum! Je conçois presque qu'elle ne m'aime pas ; nous avons des goûts si opposés! c'est le ciel et l'enfer, et c'est moi qui suis le ciel.

BARILLI.

Avancez-moi un fauteuil, mon frère.

INNOCENTIN.

C'est trop d'honneur, excellence... hum! hum!

(Il avance un fauteuil; Barilli s'asseoit gravement.)

BARILLI.

Quel livre avez-vous là?

INNOCENTIN.

Ce sont les heures de ma chère tante, qu'elle avait oubliées.

BARILLI, les prenant.

Ah! ah! voilà des heures dignes d'une duchesse.

INNOCENTIN.

C'est un présent fait à ma tante par un cardinal.

BARILLI.

Oh! c'est un livre superbe. (Il l'ouvre.) Que vois-je? ces mots au crayon... (Il lit.) « Fautes récentes... » Oh! c'est la liste des péchés de notre hôtesse. cela doit être curieux. (Il lit.) « Le capucin Antonio... le capitaine Roland... gourmandise. »

INNOCENTIN.

Hum! hum!

BARILLI, fermant le livre.

Vous dites donc que vous allez chanter un de mes motets.

INNOCENTIN.

Si vous voulez bien le permettre, excellence.

BARILLI.

Mais il me semble que vous n'aviez pas attendu ma permission. Voyons, voyons, je vous écoute.

INNOCENTIN, toussant très fort.

Hum! hum!

BARILLI.

Cette musique là n'est pas de moi!

INNOCENTIN.

Excellence. je ne chante pas encore, je tousse.

BARILLI, à part.

L'imbécile! (Haut.) Ah! je disais aussi... commencez...

INNOCENTIN, d'une voix fausse.

« Lacrymosa, »

BARILLI, l'interrompant.

Assez, assez, ménagez-vous, ménagez votre diamant; mais comment se fait-il qu'avec une voix pareille. vous ne soyez pas déjà au théâtre.

INNOCENTIN.

Au théâtre, bonté divine!

BARILLI.

Oui, monsieur, au théâtre, où votre voix vous appelle, et vous promet la plus belle fortune!

INNOCENTIN.

Hum! hum! quoi, mon révérend... c'est vous, qui voulez...

BARILLI.

Eh! oui, monsieur, votre vocation n'est pas d'être chantre... elle est d'être chanteur.

INNOCENTIN.

Chanteur! c'est-à-dire, acteur, comédien... votre excellence veut m'éprouver sans doute! moi, chanteur de théâtre... hum! hum!

BARILLI.

Oui, monsieur, chanteur... chanteur! ah! si vous saviez ce que c'est...

INNOCENTIN.

J'espère bien que je ne le saurai jamais! et que jamais je ne verrai un seul de ces mécréans en face... des comédiens... Oh!

BARILLI.

Profane! fermez toutes les portes...

INNOCENTIN.

Excellence...

BARILLI.

Fermez tout, vous dis-je... je veux vous convertir...

INNOCENTIN.

Me convertir... comment? hum! hum! (Il va fermer les portes et revient s'asseoir, en couvrant sa figure de ses deux mains.) Oh! Diavolo!

BARILLI, avec élan.

Musique de M. Béancourt.

En tous lieux, aujourd'hui, les honneurs, la puissance...
Sont, du talent, le partage flatteur,
Les arts donnent l'indépendance,
Quel sort plus beau que celui du chanteur!

(Il attire Innocentin par le bras et le force à écouter.)

Voyez... il entre en scène... un frémissement de plaisir l'accueille, écoutez... il déploie toute la magie de sa puissance... quel délire! toutes les mains applaudissent, toutes les voix crient : Bravo! la salle est pavoisée de mouchoirs qu'on agite, on le rappelle, il vient, une couronne tombe à ses pieds... une couronne! et peut-être un bouquet plus doux que vingt couronnes.—Tous les salons lui sont ouverts ; qu'il paraisse, il est l'âme de la fête; partout il est aimé, car s'il chante pour le riche il chante pour le pauvre, et le pauvre bénit son nom.—Veut-il voir d'autres pays; partout on l'appelle, partout il trouve des amis, partout la fortune sème l'or sur ses pas ; toute sa vie est un enchantement... cette musique, ces lumières, ce parfum de femmes et de fleurs, ces applaudissemens qui enivrent de volupté... dix ans d'une autre vie sont dans une pareille heure.

Ah! quel bonheur
D'être chanteur!
Pour lui, les belles
Sont peu cruelles,
Et les amours
Durent toujours.

INNOCENTIN. Il a écouté avec une attention croissante le tableau que lui fait Barilli, il semble émerveillé et s'anime sensiblement ; l'allégro achève de le transporter, il s'écrie :

O che gusto, che gusto.

TÉRÉSA, frappant à la porte.

Ouvrez, ouvrez, c'est moi.

INNOCENTIN.

Quel fâcheux contre-temps, j'étais en extase.

BARILLI.

Pas un mot de tout ceci, ou vous êtes damné.

INNOCENTIN.

Damné, damné, ça m'est égal! au diable le diable!

(Il va ouvrir en chantant le motif de l'air : AH ! QUEL PLAISIR D'ÊTRE CHANTEUR !)

SCÈNE XIV.

LES MÊMES, TÉRÉSA, puis GIACOMO.

TÉRÉSA.

Eh bien! mon neveu, vous avez vu notre révérend, qu'en dites-vous?

INNOCENTIN, chantant.

Ah! quel plaisir! Ah! ah! ah!

GIACOMO, entrant.

Allons! ma femme est encore là. (Bas à Barilli.) Eh bien! où en sommes-nous?..

BARILLI, bas.

Votre neveu est à nous, je lui ai donné le diable au corps; voyez.

INNOCENTIN, chantant.

Ah! quel bonheur!
D'être chanteur !

TÉRÉSA.

Il a donc été content de votre voix, et les paroles du motet?..

INNOCENTIN, sans l'écouter.

Pour lui les belles
Sont peu cruelles.
Ah! ah! ah!

TÉRÉSA.

Ceci n'est pas dans le motet, je suppose.

INNOCENTIN.

Ah! ah! ah!   (Il sort en faisant des roulades et en dansant.)

TÉRÉSA, remontant la scène.

Innocentin! mon neveu!

SCÈNE XV.

BARILLI, GIACOMO, TÉRÉSA.

BARILLI, bas à Giacomo.

Maintenant, au tour de votre femme, je vais lui jouer une scène de Tartufe.

GIACOMO, à part.

Oh! le comédien !

BARILLI.

Laissez-nous seuls.

GIACOMO.

Oh! faut-il que je m'en aille ?

BARILLI.

Oui.

TÉRÉSA, revenant.

L'enthousiasme lui aurait-il fait tourner la tête? que peut lui avoir dit notre pieux voyageur?

BARILLI.

Je lui ai chanté un motet de ma façon... Maintenant je voudrais causer un moment avec vous, si votre mari veut bien nous le permettre.

TÉRÉSA.

Je vais lui demander. (Brusquement.) Laissez-nous, Giacomo.

GIACOMO, à part.

Je donnerais je ne sais quoi pour entendre seulement d'une oreille.

BARILLI.

Eh bien! mon ami.

GIACOMO.

Je sors puisqu'il le faut. (Bas.) Vous me raconterez tout, n'est-ce pas?

BARILLI.

Empêchez qu'on ne vienne nous interrompre.

GIACOMO.

Oui, Tartufe, oui.   (Il sort par la seconde porte à droite.)

SCENE XVI.
BARILLI, TÉRÉSA.

BARILLI, à part.

Sachons à quoi m'en tenir.

TÉRÉSA.

J'ai couru chez toutes ces dames, et vous allez les voir arriver... vous vous êtes peut-être ennuyé en mon absence?

BARILLI.

Non, madame; j'étais là plongé dans une lecture qui m'occupait beaucoup.

TÉRÉSA.

Comment ce livre se trouve-t-il en vos mains? je croyais l'avoir laissé...

BARILLI.

C'est votre neveu qui vous a rendu le service de le rapporter.

TÉRÉSA.

Je le reconnais bien là... c'est un être adorable; il pense à tout.

BARILLI.

C'est pour cela que vous voulez lui donner votre charmante fille?

TÉRÉSA.

Oui, c'est un point résolu; il faut que Zerline épouse Innocentin, ou qu'elle entre au couvent.

BARILLI, à part.

C'est ce que nous verrons. (Haut.) Mais avez-vous bien consulté le cœur de votre fille? savez-vous si l'amour ne rendrait pas ses vœux criminels? vous êtes trop jeune encore pour méconnaître la voix des passions.

TÉRÉSA.

Que dites-vous?

BARILLI.

J'ai vu à quelles pages de ce livre de consolation vous recourez le plus souvent... j'y ai trouvé écrits au chapitre de la pénitence ces deux noms : le capucin Antonio, le capitaine Roland... puis des phrases soulignées comme celle-ci : « Le repentir est une seconde innocence...» et j'ai espéré que celle dont l'ame se complaît en de semblables pensées, montrerait quelque tolérance pour son prochain.

TÉRÉSA.

Il est vrai que je ne suis pas assez irréprochable moi-même pour pouvoir me montrer bien sévère.

BARILLI.

Si votre cœur a quelque secret qui lui pèse, faites-le moi connaître, vous serez soulagée... Eh bien! vous hésitez?

TÉRÉSA.

Je n'ose, et pourtant je voudrais bien tout vous dire.

BARILLI.

Ne tremblez pas ainsi, vous n'êtes point devant un tribunal sacré, devant un juge, c'est un ami sûr et discret qui vous offre ses conseils, et en qui vous pouvez avoir toute confiance. *(Il va prendre des siéges.)*

SCÈNE XVII.

Les Mêmes, GIACOMO entr'ouvrant la porte.

GIACOMO.

On n'entend pas un mot derrière cette porte; heureusement que je sais mon Molière aussi, moi. *(Il se glisse sous la table, puis relève le tapis du côté du public.)* Fais le Tartufe maintenant, va ton train, je suis Orgon, moi.

BARILLI, à Térésa.

Vous n'hésitez plus, n'est-ce pas?

TÉRÉSA.

Votre douceur est si ravissante! et puis ne nous apprend-on pas qu'il sera beaucoup pardonné à qui aura beaucoup aimé?

BARILLI.

Sans doute... ainsi, dites-moi bien tout.

GIACOMO, riant.

Oh! elle va lui dire... et je suis là.

BARILLI.

Je vous écoute.

GIACOMO.

Et moi aussi; je suis enchanté de connaître les petits secrets de ma femme... oh! fameux!

(Il étouffe un éclat de rire; mais Barilli s'aperçoit de sa présence.)

BARILLI, à part vivement.

Giacomo!

TÉRÉSA.

J'ai bien des reproches à me faire au sujet d'un capitaine Roland.

GIACOMO.

Hein?..

BARILLI, à part.

Que faire et comment empêcher?..

TÉRÉSA, continuant.

Mon mari...

BARILLI.

Arrêtez!.. je comprends votre embarras et je sais un moyen de vous l'épargner. En ne confiant ces secrets qu'à mes yeux, votre voix ne devra pas les articuler... écrivez sur la marge de ce livre ce que vous alliez me dire, je lirai.

TÉRÉSA.

Oh! merci!   *(Elle va écrire.)*

GIACOMO, tirant Barilli par l'habit.

Laissez-la donc parler.

BARILLI, faisant l'étonné.

Quoi!

GIACOMO, riant.

Je suis là, moi.

BARILLI.

Qu'y venez-vous faire?

GIACOMO.

Je joue Orgon; faites parler ma femme, ça m'amusera.

BARILLI.

Je ne puis plus maintenant.

GIACOMO.

Vous me montrerez le livre, hein?

BARILLI.

Oui: la voilà, cachez-vous, Orgon.

GIACOMO.

Oui, Tartufe.

TÉRÉSA, revenant.

Voilà mes secrets, je vous les confie.

BARILLI, à part après avoir lu.

C'est bon ! Zerline est à moi.

SCÈNE XVIII.

LES MÊMES, ZERLINE.

ZERLINE.

Ma mère ! ma mère ! voilà toutes ces dames qui vous demandent.

TÉRÉSA.

Il ne faut pas les faire attendre, je vais vous les amener ; je laisse ce livre entre vos mains ; plus tard, j'écouterai votre parole... Viens Zerline, viens avec moi au-devant de ces dames.

ZERLINE.

Je ne pourrai pas rester un instant seule avec lui.

(Barilli lève sa barbe et baise la main de Zerline, qui sort avec Térésa.

SCÈNE XIX.

GIACOMO, sortant de dessous la table, BARILLI.

GIACOMO.

Voyons le livre, voyons le livre.

BARILLI.

Par où diable êtes-vous passé ?

GIACOMO.

Par la porte, tout bonnement...Voyons le livre.

BARILLI.

Vous avez failli faire manquer tout.

GIACOMO.

C'est bien plutôt vous, en empêchant ma femme de parler ; mais nous allons lire à nous deux.

BARILLI.

Quoi?

GIACOMO.

Ce qu'elle a écrit là-dessus.

BARILLI.

Y pensez-vous?

GIACOMO.

Pourquoi pas?

BARILLI.

Abuser ainsi, ce serait mal.

GIACOMO.

Ah bah ! qu'est-ce qu'il peut y avoir ? ma femme est une honnête femme ; je ne crains pas de trouver là des choses qui... c'est seulement pour s'amuser un peu... allons...

BARILLI.

Non, je ne le puis.

GIACOMO, sérieusement.

Alors il y a donc des choses qui...

BARILLI, vivement.

Rien ; et pour vous le prouver, je vais vous lire moi-même ce qui est écrit.

GIACOMO, se frottant les mains.

Ça m'est égal.

BARILLI, feignant de lire.

« Je me reproche d'avoir manqué de complaisance pour mon mari. »

GIACOMO.

Il y a ça, bonne femme!

BARILLI.

« Je me reproche d'avoir quelquefois battu ce pauvre Giacomo. »

GIACOMO.

Vrai, elle se reproche... eh bien! c'est d'une bonne femme!.. oh! c'est que c'est vrai, elle lève parfois la main... et dam, ça tombe où ça peut.

BARILLI, riant.

Oh! oh! vous en convenez?

GIACOMO, avec bonhommie.

Eh bien! oui, je suis un vieux soldat, moi, ça m'amuse!... ah! elle se reproche ça... Eh bien! non, bats-moi tant que le cœur t'en dira, tu es une bonne femme, là... Mais je ne vois pas ce qu'elle commençait au sujet du capitaine Roland.

BARILLI, à part.

Diable!..

GIACOMO.

Qu'est-ce qu'elle a donc à se reprocher au sujet du capitaine Roland?

BARILLI.

De ne pas l'avoir accueilli aussi bien que vous l'auriez désiré.

GIACOMO.

Eh bien! c'est un scrupule qui me touche... mais rassurez-là, le capitaine est parti enchanté; il me le disait encore ce matin. Convenez que j'ai là une bien bonne femme.

BARILLI.

Et vous êtes un bon homme.

GIACOMO.

Voyons le reste.

BARILLI, à part.

C'est que je ne sais plus que lui dire, moi... on vient, je suis sauvé.

SCÈNE XX.

LES MÊMES, ZERLINE, TÉRÉSA, DAMES DE LA VILLE, apportant des confitures et des sirops ; elles sont toutes vieilles ; quelques-unes ont des lunettes vertes.

GIACOMO, à Barili.

Voilà votre corvée, je vous quitte et je reviens... mais vous me montrerez le livre.   (Il sort.)

BARILLI.

Oh! les dévotes qui m'apportent des confitures.

CHOEUR.

AIR : Charmante jeunesse.

Nous t'apportons, oh! saint homme,
Ces sirops, ces sucs de pomme,
Et ces douceurs qu'on renomme
    Dans no're canton ;
Reçois avec indulgence,
Ce don de peu d'importance,
Et notre humble révérence,
    Toi qu'on dit si bon.

SCÈNE XXI.

LES MÊMES, GIACOMO, CHANTEURS, en différens costumes du MARIAGE DE FIGARO, INNOCENTIN en Chérubin.

GIACOMO.

Entrez, mes amis, le voilà!

BARILLI, bas.

Mais, qu'est-ce que j'entends encore.

CHOEUR.

Air de la Gazza.

Célébrons, célébrons, le grand homme,
Qu'en ces lieux nous avons rencontré ;
Il faisait les délices de Rome,
Et partout il sera désiré.

TÉRÉSA.

Qu'est-ce donc, M. Giacomo?

GIACOMO.

La troupe de nos chanteurs, qui vient rendre ses hommages à don Bazilio.

TÉRÉSA et LES DAMES.

Des comédiens!

BARILLI.

Expliquez-moi, mon cher hôte...

GIACOMO.

Excellence! tout ceci est bien simple : ces braves chanteurs ayant appris que vous êtes par hasard dans ce pays, viennent vous rendre hommage comme à leur patron.

TÉRÉSA.

Quelle audace!

GIACOMO.

Et vous prier en même temps de vouloir bien donner ce soir une représentation à leur bénéfice.

TÉRÉSA.

Quel scandale! ils le prennent pour un comédien. (Murmures d'indignation parmi les dames.) Mais, que vois-je? mon neveu sous ces habits!

INNOCENTIN.

Oui, ma tante, et me voilà prêt à débuter dans le rôle de Chérubin, des Noces de Figaro ; je sais déjà mon grand air : (Il chante d'une voix fausse.)

Mon cœur soupire...
Ah! quel bonheur d'être chanteur!

TÉRÉSA.

Débuter! un rôle! le Mariage de Figaro!.. qu'est-ce que cela signifie?

GIACOMO.

Cela signifie que votre neveu a été converti par le père Bazilio.

BARILLI, jetant sa robe de Bazile.

Qui n'est autre que l'acteur Barilli.   (Les dames poussent un cri.)

GIACOMO.

Le premier chanteur de l'Italie.

LES CHANTEURS.

Vive Barilli!

TÉRÉSA, se réfugiant à droite avec les dames.

Oh! sainte Madone, ma maison est pleine de renégats; venez, mesdames, venez, Zerline!

BARILLI.

Un instant, belle dame, j'ai une grace à vous demander... et vous en avez tant, que vous ne voudrez pas me refuser celle-là, c'est de vouloir bien m'accorder la main de Zerline, que j'aime depuis son voyage à Rome.

TÉRÉSA.

Qu'entends-je?..

ZERLINE.

Oui, oui, ma mère, ma bonne mère, et je l'aime aussi.

TÉRÉSA.

Oh! grands dieux! qu'est-ce que j'apprends?..

GIACOMO.

Je suis la caution du signor Barilli, c'est un homme d'honneur...

TOUS LES CHANTEURS.

Oui ! oui !

TÉRÉSA.

Moi, donner Zerline à un comédien !

BARILLI, à Térésa.

Le capucin Antonio m'a chargé de vous prêcher l'indulgence.

TÉRÉSA.

Monsieur !

BARILLI.

Et le capitaine Roland me recommande à vos bontés.

TÉRÉSA.

Monsieur, abuserez-vous ?

BARILLI, avec dignité.

Abuser ! (Il arrache une page du livre et la remet à Térésa.) **Tenez**, madame, je ne sais rien... vous êtes maîtresse de mon sort.

TÉRÉSA, saisit la page et la déchire.

Sortez de chez moi, jamais je ne consentirai à ce mariage. (A part.) Il n'a plus d'armes contre moi.

BARILLI.

Mille pardons, madame, je me suis trompé, c'est la page d'avant que j'ai arrachée... la bonne y est encore, et je ne vous la remettrai qu'en échange de votre consentement... sinon...   (Il tend le livre à Giacomo.)

TÉRÉSA, vivement.

Je consens, je consens à tout ; puisqu'elle vous aime... épousez-là.

ZERLINE.

Quel bonheur !

GIACOMO, prenant le livre.

Mais, moi, je veux savoir ce qu'il y a sur cette fameuse page.

TÉRÉSA.

Ah ! mon Dieu ! empêchez...

BARILLI.

Rassurez-vous, vous avez déchiré la bonne.

TÉRÉSA.

Ah ! si je l'avais su !

GIACOMO, à Barilli.

Mais qu'est-ce qu'il y avait donc ?

BARILLI.

Mon ami, c'est une confidence sacrée, elle doit mourir avec moi... pardonnez-moi, mesdames, cette petite ruse de mon état ; pour l'expier, je donne demain une représentation au bénéfice de la congrégation... cette soirée, je la consacre à mes chers camarades.

TOUS.

Vive Barilli !

INNOCENTIN.

Vive Barilli !.. vive les comédiens ! vive les musiciens ! oh ! ma tante, voulez-vous débuter avec moi ? il nous manque justement une Rosine dans la troupe.

TÉRÉSA.

Taisez-vous, payen !

INNOCENTIN.

Hum ! hum !

GIACOMO.

Seigneur Barilli, vous me devez un petit air pour votre coucher.

BARILLI.

Je vais m'acquitter sur-le-champ.

AU PUBLIC.

Air de Blangini.

C'est entre nous de puissance à puissance.
Votre orchestre succède au mien ;
Déjà d'ici je vois d'avance
Se préparer chaque musicien,
Chacun de vous devient musicien.
Quel chorus ferez-vous ? je tremble,
Rassurez mes esprits troublés,
Dans tous les tons, chantez ensemble.
Mais non pas dans toutes les clés.

FIN.